Opération
Cheval Virtuel

© Editions Lire c'est Partir
ISBN 2 914 471 55 6

Philippe Barbeau

Opération Cheval Virtuel

Illustrations
Axel

Philippe Barbeau est né à Blois et vit toujours près de la Loire en Sologne. Longtemps instituteur spécialisé, il est maintenant écrivain et conteur. Il rencontre ses lecteurs et auditeurs tout au long de l'année en France et dans des écoles françaises à l'étranger.

Bibliographie
- L'ami de l'ogre. *Editions Lire c'est Partir.*
- Cornes d'aurochs et poils de yack - L'odeur de la mer - Accroche-toi Faustine - Un sprint pour Marie - L'année Rase-Bitume - Le vélo - Les larmes de Gros-Codile - Pas touche à mon copain ! - Gare au dragon ! *Flammarion.*
- Carton rouge ou mort subite - Le stylo magique - Un ami dans les étoiles. *Rageot Editeur.*
- Histoire à ruminer - Le type. *Atelier du Poisson Soluble.*
- La guerre d'Eliane - Le bonheur d'Eliane. *Syros.*
- La menace de Vylchymyk - L'évasion de Yanor - Abélard Pétard. *Magnard.*
- L'apprenti faussaire - Ça déménage ! - Anniversaire d'enfer. *Editions du Bastberg.*
- J'aurais dû me méfier (dans « L'écrivain viendra le 17 mars »). *Le Seuil–Maison des Ecrivains.*
- Histoires de monstres familiers. *Nathan.*
- Le chêne de la truie qui file et six autres contes (dans *Contes et légendes de Sologne d'hier et d'aujourd'hui*). *C.L.I.O.-Royer.*
- Le rhume (dans *L'almanach de la Charte*). *Corps-Puce.*
- Le billet pour nulle part (collectif). *Salon du Livre d'Isle.*
- Des cheveux blancs sur la soupe. *Dargaud.*
- Le chat de l'ombre. *Milan.*
- Les sept vies de Fred Lechat (collectif). *Salon du Livre de Beaugency…*

*A Philippe et ses élèves,
mes amis de Ruffec,
histoire de les remercier
pour leurs précieux
conseils techniques*

Cette histoire est une fiction.
Toute ressemblance avec des personnages
ou des événements existants ou ayant existé
ne peut être que fortuite.

1

Fin septembre.

Maman et moi, Benjamin, dix ans, habitons depuis toujours dans un quartier pavillonnaire de Cachan, banlieue sud de Paris. On y vit tous les deux dans un deux-pièces que Maman loue dans une grande maison qu'habitent les propriétaires. Je ne connais pas mon père et Maman ne s'est jamais mariée. Elle vient de m'annoncer « la grande nouvelle » : aux vacances de Toussaint, on partira s'installer à Ruffec-le-Château, un village à quelques kilomètres du Blanc, dans l'Indre.

Je me précipite dans ma chambre pour m'effondrer sur mon lit. Maman me rejoint.

– Je trouve que tu exagères, remarque-t-elle.

Je me redresse et la regarde. Son image est trouble.

– Ecoute, Maman. Tu veux qu'on aille habiter Ruffec-le-Château ! Tu parles d'un château ! Une ruine, oui ! Un coin perdu…

Je plonge la tête dans mon oreiller et sanglote. Maman me passe une main dans les cheveux et me glisse d'une voix qu'elle veut tendre :

– Je sais, c'est difficile, mais je n'ai pas le choix. Voilà trois ans que je cours de petits boulots en interminables périodes de chômage. On me propose un travail dans une usine de sérigraphie industrielle, avec un contrat à durée indéterminée. Une occasion pareille ne se rate pas. Tu verras, tu t'habitueras et tu seras heureux là-bas, peut-être plus qu'ici.

Je me crispe. Alors elle me laisse me mesurer seul avec ma colère.

Je me couche tout de suite et mets un temps fou à trouver le sommeil. Je revis ce qui me rattache à Cachan.

Mon quartier, je l'aime. Il est chouette pour qui sait y goûter tous les plaisirs. Et il en offre quantité.

Les parties de rollers avec les copains, d'abord, quand on parcourt à toute allure les trottoirs de l'avenue du Président-Wilson. On saute, on fait des figures. On s'amuse parfois à frôler les passants. Ça affole un peu ceux qui ne sont pas habitués mais les autres nous jettent souvent des clins d'œil complices. Ils savent qu'on ne fait pas ça méchamment.

On se retrouve aussi dans notre « maison », dans un jardin en friche que des promoteurs devraient bientôt s'accaparer. C'est une cabane de planches vermoulues aménagée avec tout ce qu'on a pu récupérer : des vieux fauteuils, une caisse en guise de table basse, une ruine de placard. Là, on se révèle nos secrets, on s'avoue nos joies et nos peines, on joue à mille jeux.

On se bagarre parfois avec les gamins de la cité de l'autre côté de la

nationale 20. Là, ça chauffe. On rentre alors avec les vêtements « fatigués » et le corps couvert de bleus et de griffures. C'est dur mais ça nous soude. Après de pareilles bagarres, on se sent encore plus frères.

– A la vie à la mort, dit Chakir. Mais surtout à la vie.

Et il part d'un grand rire qui réchauffe le cœur.

Il y a encore l'école et tout le bazar qu'on y sème. Surtout depuis la rentrée où un nouveau maître est arrivé. Notre classe en a hérité. C'est un gars d'une incroyable naïveté. Il n'est pas de la première jeunesse mais n'a travaillé qu'en Guadeloupe où apparemment, le soleil attendrit les gros durs. Même s'il fait beau de temps en temps à Cachan, ce n'est presque jamais le cas pour ce maître. Je ne suis pas très chahuteur mais, quand il y a de l'ambiance, j'ai tendance à suivre. Et là, je le fais sans retenue. Ce maître s'appelle Albert

Mudat. A croire qu'il le fait exprès.

— Avec un nom comme ça, a remarqué Aminata qui ne perd pas une occasion de jouer avec les mots, on va lui tailler un short.

— Ouais ! a renchéri Clément dont seul le prénom est un peu tendre. Et il va se retrouver en slip.

On ne se gêne pas. C'est à qui lui fera les pires crasses.

Parfois, le chahut est tel que la maîtresse de la classe voisine vient nous calmer pour que ses élèves puissent l'entendre. C'est très amusant parce que notre maître adopte alors de drôles de couleurs, partant du blanc banquise pour aller au vert moisissure en passant par le rouge homard cuit à point.

On joue vraiment avec les nerfs d'Albert.

La directrice vient aussi nous calmer mais, si on se tient cois pendant qu'elle est là, on recommence le bazar dès qu'elle a le dos tourné.

Ah ! Mon quartier…

2

Je fais des pieds et des mains pendant un mois. Je cherche tous les arguments possibles et imaginables mais Maman ne cède pas.

On déménage le dimanche 24 octobre, début des vacances de Toussaint. On quitte Cachan dans notre vieille guimbarde sous un ciel bas et du crachin à la limite de la brume.

Aucun copain n'assiste à mon départ. Je l'ai exigé. Déménager m'est déjà pénible, s'il me faut en plus supporter le regard désolé des membres de la bande…

Tout au long du chemin, je suis ballotté entre deux sentiments : d'un côté j'ai hâte que cet infernal voyage s'achève, de l'autre, j'angoisse de me retrouver bientôt dans un coin perdu.

On quitte l'autoroute aux environs de Saint-Gaultier et la route qu'on emprunte alors a été refaite depuis peu. La voiture roule sans tressauter. Je m'attendais plutôt à un chemin de terre.

Je me dis que Ruffec-le-Château n'est peut-être pas l'enfer que j'imagine… mais j'étouffe vite cette pensée.

***

Le village de Ruffec-le-Château s'étire le long de la nationale 151, à cinq ou six kilomètres du Blanc, avec quelques maisons sur la droite, au pied du coteau dominant la vallée de la Creuse, et, sur la gauche, un nombre un peu plus important de constructions coincées entre la nationale et la rivière.

Les nouveaux patrons de Maman nous ont trouvé une maison à louer dans un lieu-dit appelé *les Clous*, un peu à l'écart du village.

— Le loyer n'est pas cher ici ! Tu verras, on pourra utiliser notre argent à autre chose, on se sentira un peu plus riches.

La maison est plus grande que notre minuscule deux-pièces de Cachan mais elle sent l'humidité et le renfermé. Ici, Maman possède sa chambre et moi la mienne. Dehors, on a un jardin envahi d'herbes folles.

***

Maman commence à travailler dès le mardi et je passe le début des vacances de Toussaint devant la télé que je regarde du matin au soir. J'essaye de m'assommer d'émissions mais je ne parviens qu'à me miner le moral encore davantage. Cachan et les copains me manquent.

Le mercredi soir, Maman rentre tard du travail. Elle rayonne.

— Viens voir, me dit-elle. J'ai une surprise pour toi.

Je la suis sans conviction. Sitôt dehors, elle s'efface et, tendant le bras droit, elle me montre un VTT flambant neuf.

– Je suis passée par le supermarché du Blanc. Voilà pourquoi je suis un peu en retard. Il est à toi. Comme ça, tu pourras te balader autant que tu voudras. Il te servira aussi pour aller à l'école. Ici, en dehors de la nationale, les routes ne sont pas dangereuses.

Elle m'arrache mon premier sourire à Ruffec.

Le jeudi, je veux sortir mais, à croire que le temps est contre moi, il pleut à seaux et je reste coincé à la maison. C'est là que j'écris aux copains…

Enfin, le vendredi, je peux étrenner mon engin. J'évite les habitations et ne fais qu'une brève balade sur le plateau. Un glacial vent du nord m'empêche d'aller très loin. J'ai malgré tout le temps de voir un panneau indiquant le centre équestre du Bois-Jachère.

Rien à signaler durant la semaine suivante. Je me gave de télé et j'élargis à peine mon rayon d'exploration à vélo.

***

8 novembre.

La rentrée scolaire de Toussaint arrive.

Maman m'a inscrit par téléphone dans les jours qui ont précédé le déménagement mais j'ai refusé d'aller voir l'école avant aujourd'hui. Elle est partie au boulot depuis belle lurette lorsqu'il faut me mettre en route.

L'école se trouve de l'autre côté de la nationale. Maman m'a conseillé de redoubler d'attention pour traverser. Je musarde ensuite et m'arrête devant le monument aux morts, à côté de l'église, où je lis lentement les noms gravés.

Je découvre le septième lorsque j'entends dans mon dos :

– Qu'est-ce que tu regardes ?

Je me retourne pour dire à celle qui vient de m'adresser la parole qu'elle ne doit pas être maligne pour ne pas le deviner. Je me fige soudain.

La fille me sourit, les cheveux longs, brune, avec des yeux bleu océan un jour de grand beau temps. Elle porte un jean noir et un anorak rouge cerise.

Elle éclate de rire avant de déclarer :

– Eh ! Fais pas cette tête. Je suis pas une extraterrestre. Je m'appelle Elodie, et toi ?

– Ben… Benjamin.

– Alors c'est toi le nouveau ?

– Sans doute. Je viens ici pour la première fois.

Je suis Elodie jusqu'à l'école et le chemin me paraît trop... court. Elle a le rire et la bonne humeur à fleur de cœur.

***

L'école ressemble davantage à une maison d'habitation qu'à une école. En tout cas, elle n'a rien à voir avec celle de Cachan. Elle a trois classes : celle des maternelles et CP, celle des CE et la nôtre, celle des CM.

– Notre maître s'appelle Philippe, m'explique Elodie avant de passer le portail noir. Philippe, c'est un prénom d'origine grecque qui veut dire « qui aime les chevaux ». J'ai trouvé ça l'an dernier, en feuilletant un bouquin de la BCD. Ça a fait sourire le maître quand je lui ai dit. Philippe est sympa et nous apprend plein de choses.

Un tel discours m'étonne. Je ne suis pas au bout de mes surprises et la suivante me tombe dessus après avoir rangé nos vélos.

– Voilà, m'indique Elodie alors que quelques petits s'agglutinent autour de nous. Il faut que je t'explique : dans notre classe, on porte des noms d'animaux un peu particuliers.

– Des noms d'animaux ?

– Oui, on s'est donné ces noms, ces

surnoms plutôt, parce que Philippe dit qu'on est de drôles d'animaux et qu'on trouve ça rigolo. Ils sont tous en rapport avec notre caractère, notre comportement. Tout le monde en a un, sauf le maître. Il n'en a pas besoin vu « qu'il aime déjà les chevaux ».

– Ah ? Et… Et toi ?

– Tu veux dire le mien ? Souris futée.

Je fais bientôt la connaissance des quinze autres élèves. Il y a :

– Castor Gourmand, qui mange sans cesse ;

– Canard Bavard qui n'arrête pas de parler ;

– Asticot Sympa, un gars minuscule qui s'entend bien avec tout le monde ;

– Renard Joyeux, un malin qui ne perd jamais une occasion de rigoler ;

– Lionne Réfléchie, la plus sage de la classe. Quand on a besoin d'un conseil, on n'a qu'à le lui demander.

On ne trouve pas plus blagueur que Lapin Espiègle. Avec Renard Joyeux, il est d'une formidable efficacité pour remettre de la bonne humeur même dans les périodes les plus noires.

Et puis suivent Raton Bricoleur, Perruche Subtile, Gazelle Rapide, Bison Increvable, Chouette Calculatrice, Eléphant Inoubliable, Loutre Tendre, Faisan Elégant, et Escargot Pressé.

Ma nouvelle école n'a vraiment rien à voir avec l'ancienne.

***

Le deuxième jour, il faut passer chez les CE pour récupérer la grosse agrafeuse.

– Benjamin, me dit Philippe, va donc la chercher.

Une fois dehors, j'en profite pour faire le tour du propriétaire sans presser le pas. Je dépose l'agrafeuse à mon retour sur le bureau du maître qui aide une copine. Je regagne ensuite ma place et me remets lentement au travail. Cinq minutes plus tard, Philippe m'aborde.

– Benjamin, me dit-il. Ici, les élèves ont confiance en moi, moi en eux et eux en eux. Tout à l'heure, je t'ai demandé d'aller chercher l'agrafeuse chez les CE. Il te fallait trois fois moins de temps que celui que tu as mis. Ne t'avise pas de recommencer ou je ne pourrai plus te confier de mission.

Une semaine plus tard, il y a une autre histoire avec la disparition des lunettes de Raton Bricoleur. Je sais où elles sont étant donné que je les ai fauchées. Pourquoi ? Je l'ignore. Ça a été plus fort que moi. Comme je ne voyais pas quoi en faire, je les ai jetées dans les broussailles entre le terrain de l'école et le champ que longe la Creuse.

– Bon ! demande Philippe après s'être assuré que Raton Bricoleur ne les a pas simplement égarées. Où sont passées les lunettes ? Quelqu'un ne les aurait-il pas vues ?

Les autres élèves affirment qu'ils n'y ont pas touché. Moi, j'ai beau essayer d'être naturel, j'ai tout de même tendance à admirer la page de mon cahier ouvert devant moi.

Le maître repose ses questions à plusieurs reprises. Enfin, il finit par dire :

– Les lunettes n'ont pas disparu toutes seules. Quelqu'un les a donc prises. Pour en faire quoi ? Je ne sais pas et je m'en moque. Je demande simplement que celui ou celle qui a commis ce larcin les remette discrètement dans la case de leur propriétaire. L'affaire sera ainsi close et on n'en parlera plus.

Le soir, je ne rentre pas aussitôt à la maison et, après avoir caché mon vélo, je reviens pour récupérer les lunettes. Les ayant jetées dans un buisson épineux, les retrouver n'est pas une mince affaire. J'en ai les mains toutes griffées.

Le lendemain, en déposant mon cartable en classe, je glisse les lunettes dans la case de Raton Bricoleur qui se réjouit lorsqu'il les découvre.

Philippe me demande quelques minutes plus tard, en passant à côté de ma table :

– Tiens, qu'est-ce qui t'est arrivé aux mains ? Où t'es-tu griffé comme ça ?

– Je… C'est… C'est en rentrant hier soir. Je suis tombé dans un buisson de ronces avec mon vélo.

Philippe ne cherche pas à en savoir davantage. Je suis persuadé qu'il a tout deviné.

Une semaine plus tard, alors que le maître nous lit notre histoire quotidienne – ce jour-là, un truc de cinq minutes chargé d'émotion, au bord des larmes –, je me mets à le singer. Il s'arrête et me dit :

– Benjamin, j'aime rire mais cette histoire ne s'y prête pas. Si tu veux, après, on rigolera ensemble.

Philippe nous lit exceptionnellement deux textes. Le deuxième est vraiment amusant. Le maître se caricature lui-même en train de lire. Comme les autres, je ris beaucoup… mais je ne suis pas à l'aise.

J'essaye aussi de lancer des bagarres de boulettes baveuses mais les copains ne réagissent pas.

Philippe veut qu'on soit autonome et responsable. Chacun doit donc gérer son travail. Plusieurs tableaux affichés nous permettent de savoir quels exercices ou lectures on a à faire. Au début, je commence par travailler le moins possible. Seulement, trois semaines de ce régime et je me rends compte que je ne vais pas tarder à patauger. Je ne réagis qu'après quelques remarques du maître et une bonne discussion avec Souris Futée.

Les accrocs se font de plus en plus rares et la classe se déroule de mieux en mieux pour moi. Peu à peu, j'entre dans le moule… d'autant que ma lettre aux copains de Cachan n'a toujours pas de réponse.

Je m'arrête souvent devant trois panneaux affichés dans le couloir et je demande sans cesse des précisions sur l'activité qu'ils décrivent.

L'année précédente, la classe est allée visiter le centre équestre du Bois-Jachère et les panneaux expliquent cette visite.

On y découvre les bâtiments. Les activités qui s'y déroulent. Patrick, le propriétaire, se présente. On y voit aussi les chevaux. Ils me fascinent. Un panneau entier leur est consacré. Leur anatomie est expliquée. On parle également de leur caractère, de la manière dont il faut les approcher, se comporter avec eux.

Les sept chevaux du centre équestre sont photographiés et l'un d'entre eux m'intéresse particulièrement. Un gris pommelé. On le voit de trois-quarts arrière. La longue crinière noire pend sur son encolure et il regarde l'objectif d'un œil vif où brille un éclat de tendresse. Son nom est inscrit en dessous de la photo : Orage. Je veux tout savoir : son âge, s'il est doux ou ombrageux, s'il galope vite, sa nourriture préférée, etc.

Je suis souvent si curieux que ça énerve les copains. Je m'en rends finalement compte et décide donc de moins les importuner. Je fréquente alors la BCD. Dans mon ancienne école, on en avait une aussi mais on n'y allait pas souvent. Elle était laide, loin de la classe. A Ruffec, l'endroit est sympa, à côté de la classe, avec une mezzanine couverte de coussins. Les livres sont beaux, bien rangés. Même s'ils ne sont pas très nombreux, c'est un plaisir de fouiller dans les bacs, sur les étagères, puis de s'installer parmi les coussins pour bouquiner. J'y vais quand j'ai terminé mon travail et aussi pendant certaines récréations. J'y prends surtout des livres sur les chevaux, des documentaires, mais aussi des albums et des petits romans. Je les parcours toujours avec bonheur et, lorsque j'ai la chance de tomber sur la photo, le dessin ou la description d'un cheval ressemblant à Orage, je pars galoper loin de la classe.

Enfin, j'assouvis tant bien que mal ma nouvelle passion pour les chevaux mais j'en ai une autre dont je ne peux que rebattre les oreilles des copains : l'informatique.

Dans mon ancienne école se trouvait une salle équipée d'ordinateurs. Chaque fois qu'on y allait, on était tous intéressés. On n'avait même plus l'idée de faire des âneries. Albert avait droit à quelques moments de répit.

Je parle donc souvent informatique et, un jour que je travaille avec Souris Futée sur un problème de cheval qui parcourt une certaine distance à une vitesse donnée, je lui dis :

– Tu sais, avec un ordinateur, on aurait trouvé la réponse en moins de temps qu'il faut pour le dire. Le virtuel, c'est super pour donner un coup de main.

Souris Futée me regarde, un sourire aux lèvres, et m'annonce :

– Je crois que j'ai trouvé ton nom d'animal : Cheval Virtuel.

Depuis ce jour, tout le monde m'appelle ainsi et j'aime beaucoup.

3

Maman et moi sommes retournés à Cachan à Noël. J'ai revu les copains mais quelque chose s'est cassé entre nous et je n'ai pas retrouvé notre complicité. Je croyais qu'ils n'avaient pas reçu ma lettre. En réalité, ils n'avaient pas fait l'effort d'y répondre. Et puis, entre temps, les promoteurs ont rasé notre cabane pour construire un immeuble de grand standing.

Depuis qu'elle a trouvé du travail, Maman a si peur que je m'ennuie qu'elle se donne un mal fou pour me changer les idées.

Ainsi, le dimanche, on va souvent se balader à pied. Au début, elle a dû insister mais j'y ai vite pris goût. On part toujours sur le plateau.

On s'installe la plupart du temps sur les bords d'un étang, dans un endroit pas trop spongieux.

On observe les animaux, un héron cendré, par exemple. L'oiseau déambule, de l'eau à mi-pattes et, de temps en temps, il y plonge la tête, la ressort avec un poisson en travers du bec. D'un habile mouvement, il l'avale en ondulant du cou. On admire aussi les poules d'eau, les foulques, les canards et les grèbes. On observe plus rarement un busard des roseaux planant avec majesté. Parfois, on aperçoit des ragondins qui traversent l'étang à la nage.

Avec Maman, je ne fais pas que me balader. Fin novembre, j'ai aussi nettoyé le jardin et planté des crocus, des tulipes et des jacinthes.

– On prépare le printemps dès maintenant, m'a-t-elle expliqué. Tu verras, toutes ces fleurs quand elles s'épanouiront, ce sera un vrai bonheur.

Je n'ai pas osé lui dire que notre deux-pièces donnait sur un jardin. Ce n'était pas le nôtre et on n'avait pas le droit d'y toucher, d'accord…

Un soir, c'est Noël après Noël. Maman m'apporte une nouvelle surprise : un ordinateur. L'appareil est d'occasion mais il fonctionne.

On l'installe aussitôt et je commence à jouer. Le vendeur a laissé des logiciels dessus et je passe de bons moments. Ajouté à tout ce que je lis – des bouquins ramenés de la BCD de l'école – les mercredis et les soirées, en attendant le retour de Maman, je ne vois même plus les heures passer.

Je garde pourtant un peu de temps libre pour retrouver Souris Futée. Avec elle, je découvre une nouvelle amitié. Ce qui est formidable, c'est que je n'oublie pas celles de Cachan qui restent de beaux souvenirs gommant la déception de mon dernier voyage.

La copine participe à quantité de

trucs qui ne lui laissent guère de liberté. Elle prend des cours de violon, pratique l'athlétisme dans le club du Blanc et fait deux ou trois autres bricoles par-ci, par-là, mais elle se débrouille toujours pour me consacrer quelques minutes chaque mercredi.

Là, elle me fait découvrir ce que Maman ne me montre jamais, le deuxième visage du village, celui qui se dévoile de l'autre côté de la nationale, à proximité de la Creuse.

On va souvent sur les bords de celle-ci. Même si l'eau est froide en novembre-décembre, on s'amuse à chercher des écrevisses. Il suffit de soulever quelques belles pierres et, avec de la chance, on en voit une ou deux fuir devant nous.

Souris Futée et moi, on parle aussi de notre vie, de ce qu'on aime, des souvenirs et des rêves, de Cachan et de Ruffec avant mon arrivée.

Des fois, je dis l'envie que j'ai de faire du cheval.

— Tu n'es pas allé les voir au centre équestre du Bois-Jachère ? C'est près de chez toi.

— J'ose pas.

— Alors, on ira tous les deux, un jour où mon prof de musique sera malade. Ça lui arrive de temps en temps.

Seulement, depuis, le prof en question assure ses cours sans défaillir. En attendant, je me dis que j'ai le temps, que le centre équestre ne risque pas de s'envoler.

***

En classe, le lendemain de la livraison de l'ordinateur à la maison, dès que les cartables sont vidés et nos affaires rangées, je demande :

— Pourquoi on n'aurait pas un ordinateur ici ?

— Un ordinateur, pourquoi pas ? Mais on a prévu d'autres activités et il risque de ne rien nous rester pour en acheter un.

On a, en plus, envisagé de visiter les châteaux de Chambord et Blois parce qu'on étudie la Renaissance. On a demandé un devis pour louer un car et le maître nous a avertis que le prix risque d'être assez élevé.

— Un car coûte très cher, nous a-t-il expliqué, et il faut l'amortir. Ensuite, il faut payer le chauffeur, le carburant et l'entreprise doit réaliser quelques bénéfices.

— On a aussi prévu d'acheter de nouveaux livres pour la BCD.

J'essaye malgré tout d'obtenir le soutien d'un ou deux copains mais mes efforts restent vains.

Je suis malheureux. Souris Futée dit alors :

— On pourrait peut-être mettre en place une activité cheval.

— Ça aussi ça demande de l'argent.

— Ouais, et pas mal !

— Seulement monter une ou deux fois. Ce ne sera pas très cher. En tout cas beaucoup moins qu'un ordinateur.

Philippe fait remarquer en affichant une moue dubitative :

— Je ne sais pas si le moment est bien choisi.

— Pourquoi ?

— Tu n'es pas au courant ? Les chevaux du centre équestre sont malades. Ils ont la gourme, à ce qu'on dit.

— Qu'est-ce que c'est ?

— Une maladie extrêmement contagieuse, surtout pour les jeunes chevaux. Plusieurs pourraient en mourir.

Mon cœur s'affole. Je demande d'une voix tremblante :

— Orage l'a attrapée ?

— Je ne sais pas mais il y a de gros risques.

La conversation se poursuit un peu, puis Philippe nous dit qu'il faut travailler. On commence donc la leçon de maths. Je ne l'écoute que de très loin. Mon esprit est ailleurs. J'ai peur pour Orage. Je crains de ne pas lui avoir témoigné mon affection à temps. Peut-être est-il mort. Je décide d'en avoir le cœur net le soir même.

***

Un vent de nord-est souffle en cette fin de journée de mi-janvier. Le ciel est bas et la neige menace. Souris Futée me l'a dit.

Je souffre en grimpant la côte sur mon VTT et ce n'est pas la difficulté de l'endroit qui est en cause. J'ai l'image du cadavre d'Orage au cœur de mes pensées.

Je rejoins aussitôt le chemin qui mène au Bois-Jachère. Si je me débrouille bien, je peux aller voir mon préféré sans que son propriétaire s'en aperçoive.

Peu après le panneau du centre équestre, je vois la silhouette noire des bâtiments sur le gris sombre du ciel que la nuit gagne peu à peu.

Arrivé à une cinquantaine de mètres, j'abandonne mon vélo dans un buisson et file en me dissimulant derrière la haie. Encore quelques pas et j'arriverai au mur de la maison d'habitation. Il me faudra le longer puis contourner la sellerie et rejoindre les écuries. J'ai un secteur délicat à franchir : la partie entre la maison d'habitation et la sellerie où je serai à découvert.

J'arrive au coin de la maison d'habitation quand, soudain, j'entends hurler :

– Vous n'avez pas le droit !

– Le droit est pour moi, cher monsieur. Vous avez signé un contrat et vous devrez vous plier à ses clauses ou ça ira très mal !

– Mais je ne peux pas ! Vous avez vu l'état de mes chevaux. Je ne peux pas les faire travailler. Alors, je ne gagne pas un centime en ce moment.

– Ce n'est pas mon problème. Mes traites doivent être honorées. Vous avez déjà pris trop de retard.

J'avance un peu la tête et je distingue deux hommes, un maigre et un gros. Le gros brandit un doigt en direc-

tion du maigre et hurle de plus belle :

— Je vous donne un dernier mois de répit. Dans un mois, si vous n'avez pas honoré les traites, je fais saisir votre boutique !

Et, il tourne les talons, grimpe dans son énorme Mercedes noire dont il claque violemment la portière.

Quelques instants plus tard, la voiture démarre en trombe et le maigre se retrouve seul au milieu de la cour. Patrick, car c'est lui, demeure ainsi une ou deux minutes puis il donne un coup de pied dans un caillou qui voltige jusqu'à moi. Je crois être découvert mais non, le caillou est venu vers moi par hasard.

Je ne vais pas plus loin. J'ai pourtant toujours envie de savoir si Orage vit encore mais je me dis qu'il vaut mieux ne pas insister, que Patrick a assez de soucis comme ça. Je ne le connais pas encore mais je le respecte déjà.

Je rentre alors à la maison le cœur

lourd. Je ne sais toujours pas comment se porte Orage et j'ai maintenant la certitude que d'autres menaces pèsent sur le centre équestre.

***

A table, je touche à peine au contenu de mon assiette.

– Tu es malade ? me demande Maman.

– Non ! Non ! C'est rien…

– Tu as des soucis alors ?

– Non, je te dis. Laisse-moi ! Ça vaudra mieux.

J'aime ma mère pour ses nombreuses qualités mais une de mes préférées est le respect qu'elle a pour ce que je pense. Si je ne veux pas le lui dire, elle n'insiste pas et attend le temps qu'il faut pour que je lui confie enfin ce que j'ai sur le cœur.

– Question de confiance, commente-t-elle de temps en temps.

Ma nuit est agitée et je fais un horrible cauchemar où l'homme à la Mercedes massacre Orage.

4

J'ai l'impression d'avoir un essaim de frelons sous le crâne. Mes idées se bousculent, affolées. Les relents du cauchemar y sèment un chahut incroyable.

Maman est partie au boulot et les craquements pourtant habituels de notre vieille maison amplifient mon malaise.

Une heure plus tard, je pédale sur le chemin de l'école, le geste lourd.

Une brume fantomatique effiloche ses horribles cheveux gris de sorcière aux branches des arbres nus.

Le petit déjeuner ne passe pas.

J'espère rencontrer Souris Futée sur le chemin mais j'arrive à destination sans avoir entrevu sa silhouette. Je redoute soudain son absence mais je l'aperçois sortant de la classe où elle vient de déposer son cartable. Elle me voit et, son sourire habituel aux lèvres, elle se dirige vers moi :

– Salut, me dit-elle. Ça gaze ?

– Bof !

Son sourire disparaît. Elle prend un air sérieux avant de constater :

– Tu as pas l'air en forme. Tu as des ennuis ?

– Moi, non. Mais je connais quelqu'un qui en connaît de graves.

Je lui raconte alors la scène de la veille au soir.

***

Nos affaires à peine rangées, je suis le conseil de Souris Futée et aborde le problème :

– Philippe, hier soir, je suis allé au centre équestre du Bois-Jachère et j'ai vu un bonhomme menacer Patrick.

Le maître me demande :

– Qu'est-ce que tu as vu exactement ?

Je ne sais plus trop quoi dire et, après un silence embarrassé, je poursuis finalement :

– C'était un gros bonhomme, avec une Mercedes noire…

Nouveau silence. Le maître me relance :

– Et alors ?

– Alors, il s'est accroché avec Patrick et l'a menacé de lui faire saisir sa boutique si ses traites sont pas honorées à temps. J'ai pas vraiment compris de quoi il parlait mais ça avait l'air d'embêter le gars du centre équestre.

– Ah ! Je vois. Ça devait arriver.

– Qu'est-ce qui devait arriver ?

– Que les créanciers de Patrick viennent lui réclamer leur argent !

– Des créanciers ? C'est quoi des créanciers ?

– Des gens à qui on doit de l'argent.

Et Philippe nous explique la situation dans laquelle se trouve Patrick.

Le jeune homme a créé son centre

équestre deux ans auparavant. Pour cela, il a acheté une très vieille ferme. Elle ne lui a pas coûté cher au départ mais, même s'il a exécuté lui-même une bonne partie des travaux, il a dû emprunter beaucoup d'argent pour la remettre en état et lui permettre d'accueillir des chevaux. Il lui a ensuite fallu acheter ses chevaux et leurs équipements, les nourrir, les entretenir. Patrick doit rembourser. Il a obligation de le faire en partie tous les mois. Chacun de ces remboursements partiels s'appelle une traite et il y a tout lieu de penser qu'il ne peut plus honorer les siennes. C'est très difficile de créer un centre équestre. L'épidémie n'a qu'accentué les problèmes. Et le résultat des traites qui ne sont pas honorées, c'est la faillite. Les créanciers vont s'adresser à la justice qui va saisir les biens de Patrick et les vendre aux enchères.

– Tu veux dire qu'il va tout perdre ?

– Il y a hélas de grands risques. Ces

ventes sont tout à fait légales mais c'est souvent une honte. Les bâtiments et les équipements sont la plupart du temps vendus pour une bouchée de pain et, parfois, les malheureux à qui on les a pris ne voient même pas toutes leurs dettes remboursées.

– C'est… C'est terrible !

Le silence s'abat sur la classe. Perruche Subtile n'a plus l'air de vouloir jouer avec les mots. Renard Joyeux affiche une mine d'enterrement. Je finis par bafouiller :

– Et… Et les… Et les chevaux ?

– Ça, me précise Philippe, après l'épidémie, il y a de fortes chances qu'aucun éleveur ne veuille les acheter. Les pauvres bêtes risquent de finir à l'abattoir.

Mon sang se fige. Le silence revient. Très long. Trop long. Trop lourd. Je suis sur le point de pleurer.

Philippe nous invite alors à travailler.

***

A la récréation, Souris Futée et moi nous retrouvons sous le préau.

– C'est injuste ! souffle ma copine. Patrick est chouette. Et puis il travaille comme un fou.

Je suggère alors :

– On… On pourrait peut-être l'aider, lui donner un peu d'argent, par exemple, pour qu'il paye au moins une partie de ce qu'il doit, histoire de faire patienter le type à la Mercedes.

– C'est un vrai charognard, ce bonhomme ! Il a même pas pitié de ceux qui n'ont pas de chance. Parce que le problème de Patrick, c'est juste une histoire de malchance.

– Si on lui donnait nos économies. Il nous rembourserait quand il le pourrait. Moi, en tout cas, ça me dérange pas.

– Moi non plus mais ça suffira jamais.

– Alors allons couper du bois dans la forêt communale. On le revendra et on donnera l'argent à Patrick.

– Il faudra demander l'autorisation et, même si le conseil municipal accepte, le travail sera énorme et rapportera pas grand-chose. En plus, couper du bois est dangereux.

On envisage quelques autres solutions. Celles-ci vont de l'aide aux personnes âgées pour faire leurs courses à l'organisation d'une compétition de VTT. Hélas, toutes demandent du temps et on n'en a guère.

On fait de très rapides calculs avec ce qu'on croit savoir du prix d'une ferme, du coût des réparations, du prix d'un cheval. C'est vertigineux. Souris Futée a raison. L'argent qu'on peut récupérer est ridicule comparé aux dettes supposées de Patrick.

Finalement, comme la récréation se termine, ma copine soupire :

– C'est bien notre truc, mais, hélas, les problèmes de Patrick sont trop gros pour nous…

5

Au petit déjeuner, je demande à Maman si les bulbes plantés voici déjà plusieurs semaines vont bientôt donner des fleurs. Sans doute est-elle mal réveillée ou n'ai-je pas parlé assez fort, en tout cas, elle ne me répond pas et je n'insiste pas.

Depuis quelques jours, Souris Futée et moi nous retrouvons chaque matin devant le monument aux morts. Le premier arrivé attend l'autre. La copine a eu une panne d'oreiller et arrive en classe en retard. J'ai attendu pour rien. Je le lui fais remarquer à la récréation et, pour la première fois, on se chamaille.

Une ou deux heures plus tard, le facteur apporte la réponse de la compagnie de cars pour le voyage à Chambord et Blois. Le devis est beaucoup plus élevé que celui auquel on s'attendait.

Et puis Philippe s'énerve – je le vois ainsi pour la première fois – parce qu'on ne comprend pas la leçon de grammaire.

L'après-midi, Canard Bavard s'étale au milieu de la classe avec le bidon de peinture rouge qui éclate sur le sol. Résultat, de la peinture partout : sur les chaussures, les cartables, les pieds de tables et de chaises, etc. Philippe s'apprête à piquer une nouvelle crise. Il se passe la main sur le visage puis souffle avant de nous ordonner :

– Sortez en récréation ! Ceux qui ont les chaussures « décorées », allez les passer sous l'eau… et sans vous éclabousser.

Au retour de l'école, je crève à la roue arrière en traversant la nationale.

Ce n'est pas le jour à se lancer dans des discussions importantes. Je profite pourtant du dîner pour parler avec Maman. Je lui demande :

— Tu es au courant de ce qui se passe au centre équestre ?

— Oui ! Je plains le pauvre gars.

— Qu'est-ce que tu sais exactement ?

— Pas grand-chose, en fait ! Je vais peu dans le village mais la dame du dépôt de pain en parlait lorsque j'y suis allée. Il paraît qu'il serait sur le point de faire faillite.

Maman suspend sa cuillère, me regarde puis me questionne à son tour :

— Mais pourquoi tu me demandes ça ?

— Parce… Parce que j'en ai parlé avec une copine d'école.

— Vous vous intéressez à ce genre de chose !

— La copine aime bien Patrick, le propriétaire. Et… Et puis…

— Et puis ?

— J'ai entendu parler d'un cheval.

Un beau gris pommelé… qui s'appelle Orage…

– Comment tu le connais ? Tu es allé le voir ?

– Non ! Je l'ai vu en photo sur les panneaux exposés dans le couloir de l'école.

– Et alors, ce centre équestre mal en point, qu'est-ce que vous lui voulez ?

Là, je mens un peu :

– On veut l'aider.

Maman grimace avant d'avouer :

– J'ai peur que vous ne puissiez pas faire grand-chose.

– C'est ce qu'on s'est dit. N'empêche, on peut pas le laisser se faire voler par ses créanciers.

Maman sourit tristement avant de porter la cuillère de soupe à ses lèvres. Elle avale le liquide.

– Tu n'as pas une idée ?

– Mon pauvre garçon ! J'ai eu tant de peine à sortir des difficultés qu'on avait à Cachan que je me sens bien incapable de faire quelque chose pour ton ami Patrick.

– C'est pas mon ami. Enfin… pas encore…

– Tu comptes aller le voir ?

– Oui, demain. C'est mercredi.

– Comme tu veux… mais, surtout, ne le gêne pas. Le pauvre connaît trop de soucis pour avoir en plus un gosse dans les pattes.

Je vais me coucher. Sans être vraiment plus serein, le fait d'avoir parlé m'a un peu soulagé.

***

Le lendemain matin, je ne me rends pas au centre équestre mais chez Souris Futée. J'ai à nouveau peur de rencontrer Patrick seul.

– Je peux pas venir maintenant, m'annonce-t-elle. J'ai mon cours de musique mais, en revenant, si tu veux, je t'accompagnerai. J'aurai au moins le temps de te présenter à Patrick.

C'est ce qu'on fait et, près de deux heures plus tard, on se campe à l'entrée du centre équestre.

On n'aperçoit pas Patrick tout de suite et on n'ose pas trop rentrer quand, soudain, quelqu'un nous interpelle :

– Vous désirez quelque chose ?

Il vient d'apparaître à la porte de la sellerie. Souris Futée fait les présentations. Elle dit ensuite que je m'intéresse à Orage dont j'ai vu la photo à l'école. Je poursuis :

– Je… Je m'inquiète pour ce cheval. Il est si… beau.

– En plus, me dit Patrick avec un fantôme de sourire, il est sympa comme tout.

Mon cœur accélère.

– Il… Il va bien ?

– Comme peut se porter un convalescent. Tu veux le voir ? Pour l'instant, la gourme n'a pas eu sa peau…

Mon cœur bat de plus belle.

— On… On vous dérange pas ? Vous… Vous avez le temps ?

Patrick esquisse un nouveau sourire mélancolique.

— J'en ai plus qu'il m'en faut. Impossible de faire travailler mes chevaux. Les clients se sont évanouis dans la nature et je n'ai même plus de reprises[1]. Alors mon temps, je ne l'emploie guère qu'à soigner mes malades. D'ailleurs, c'est l'heure de le faire. Suivez-moi !

***

Orage se tient devant moi. Patrick nous a demandé de rester à la porte du box et de ne surtout pas le toucher car il est encore contagieux[2]. Je le trouve beau, même si la maladie ternit son poil. Je remarque :

— Il n'est pas très grand !

---

1. Une reprise est un cours d'équitation.
2. La gourme n'est pas contagieuse pour les êtres humains mais, par simple contact, ceux-ci peuvent la transmettre d'un cheval à un autre.

– Normal : il est né d'un croisement entre une jument selle français et un poney Connemara, une race irlandaise.

Patrick s'approche alors d'Orage puis, tout en lui parlant doucement, il commence à prodiguer les soins. Après lui avoir nettoyé les naseaux et les yeux, il lui applique une pommade puis il lui met quelques gouttes de collyre. Orage se laisse faire même si, au moment de l'administration du collyre, il recule légèrement. Patrick lui nettoie ensuite les ganglions de l'auge, sous la gorge.

– Voilà, Orage ! Tu vas voir, tu vas t'en sortir. La gourme ne sera bientôt plus qu'un mauvais souvenir…

– Où… Où a-t-il attrapé cette maladie ?

– J'ai acheté un cheval contaminé. Comme je n'ai pas encore de locaux où isoler les nouveaux arrivants, je l'ai mis avec les autres et il a transmis la maladie à tous mes anciens.

– Vous aviez pas vu qu'il était malade ?

– Tu penses bien que si j'avais su ce cheval malade je ne l'aurais même pas acheté. Avec la gourme, un cheval peut être contagieux avant de présenter les symptômes de la maladie.

***

Souris Futée et moi roulons de front sur le chemin du retour. Soudain, je m'exclame :

– Orage est encore plus beau que sur les photos.

– Et là, il est pas en forme. Patrick a trop tardé à appeler le vétérinaire. Ses chevaux ont failli mourir.

– Oui mais ils vont mieux maintenant !

On arrive au carrefour où on doit se séparer.

– A demain ! me chante Souris Futée.

– A demain !

Et j'appuie un bon coup sur les pédales. Maintenant, je le sais, la gourme ne menace plus vraiment mais, si je veux sauver définitivement Orage, il faut trouver une solution aux problèmes financiers de Patrick.

***

On doit chercher de l'aide mais Ruffec me paraît trop petit. Chercher plus loin alors. Oui… mais où et comment ?

Inutile de contacter Souris Futée qui est partie faire du sport. Je regrimpe sur mon vélo et parcours les routes du coin. Je passe ainsi plusieurs fois devant le panneau indiquant le centre équestre, dans l'espoir de déclencher quelque chose. Mon stratagème ne fonctionne pas et je reviens à la maison penaud.

Je m'installe devant la télé mais je passe mon temps à zapper. Je prends alors le magazine de programmes, le feuillette d'un geste automatique… et tombe sur une petite annonce :

*Abonnez-vous à Ramanet,
surfez sur Internet et mettez le monde
dans votre poche.*

– La voilà la solution ! Pourquoi j'y ai pas pensé plus tôt ?

L'ordinateur familial n'est pas relié à Internet mais je suis certain que Maman arrangera ça.

Le soir, je lui demande :

– Maman, on pourrait s'abonner à Internet ?

– Ce serait avec plaisir mais… pour ça, il faut un ordinateur qui puisse se connecter.

– Ben, le nôtre ?

– Penses-tu ! Il est beaucoup trop vieux. Pour aller sur Internet, il faut une machine assez performante. Il nous faudrait un appareil plus récent et, même si nos finances vont mieux, on n'a pas les moyens de s'en acheter un.

Je suis déçu mais ne m'avoue pas vaincu. Puisque c'est ainsi, j'en parlerai demain en classe.

***

J'ai un trac d'enfer et, sans avoir le temps d'en parler à Souris Futée avant d'entrer en classe, j'aborde le sujet dès notre installation.

Philippe rappelle que, pour s'abonner à Internet, il faut un ordinateur et qu'on n'a pas prévu d'en acheter un. On possède tout juste le budget pour visiter les châteaux.

– Et… Et on peut pas changer de programme ?

– Je n'y tiens pas, ajoute Philippe.

L'idée d'un ordinateur commence à titiller certains copains qui argumentent à leur tour. Seulement, le maître s'accroche à son idée. J'insiste :

– Plein d'écoles sont maintenant branchées sur Internet. Celle de Cachan l'était. Pourquoi la nôtre pourrait pas l'être ? Et puis, sur Internet, on peut aller sur plein de sites et apprendre plein de choses. Si on a besoin d'un renseignement, on peut le chercher. C'est super riche, Internet !

– Evidemment, reconnaît Philippe. En voyant les choses comme ça…

Lionne Réfléchie vient à mon aide :

– On peut ne pas piocher dans ce qu'on a mis de côté pour le voyage. La mairie peut nous aider.

– Je vous rappelle qu'elle entretient déjà les bâtiments et paye toutes nos fournitures.

– Oui, mais un ordinateur, on ne le redemandera pas tous les ans. C'est exceptionnel.

– Ah ! Vous êtes de drôles d'animaux ! Et têtus avec ça ! Allez, vous avez peut-être raison. Mais alors, il faut monter un projet pour justifier notre demande.

Philippe sort quelques catalogues d'informatique de son bureau. Quel animal lui aussi ! Il avait déjà une idée derrière la tête.

Après bien des discussions, on choisit quel modèle demander. Ce n'est pas une Ferrari de l'informatique mais cette machine est suffisante pour ce qu'on veut en faire. Avec l'imprimante et le modem, elle reste dans des limites financières raisonnables.

On rédige ensuite une belle lettre ensemble, une lettre où on explique pourquoi on veut un ordinateur. Je ne révèle évidemment pas mes vraies intentions.

Cela fait, on se rend tous à la mairie.

Au retour, mon moral est remonté et je le fais savoir. Philippe le tempère tout de suite :

– Rappelle-toi qu'il faudra du temps pour avoir cet ordinateur, au moins plusieurs semaines… si la mairie accepte de nous donner un peu plus que prévu…

***

Le soir, je retourne au centre équestre du Bois-Jachère. Patrick semble à nouveau sur une bonne pente. Lui aussi a le moral requinqué.

L'espoir refait vraiment surface.

***

Le lendemain matin, Souris Futée vient à ma rencontre. Elle m'annonce :

– Papa travaille à la maison avec son ordinateur mais j'ai le droit de m'en servir et je peux aller sur Internet presque autant que je veux.

– Pourquoi tu me dis ça ?

– Parce que tu crèves d'envie d'aller sur Internet et je crois avoir deviné pourquoi. Hier, tu as dit que c'était pour faire des trucs intéressants comme à Cachan. Il y a peut-être ça mais c'est pas la raison principale…

Elle laisse filer un court silence puis elle reprend :

– Tu veux essayer de trouver quelque

chose pour sauver Orage et les autres chevaux du centre…

Alors là ! Je suis presque gêné d'être aussi transparent. Je lui avoue qu'elle a raison et elle m'explique ce qu'elle a fait la veille au soir, dès qu'elle l'a pu.

Elle est allée sur le Net et a cherché à partir du mot « cheval ». Elle a trouvé pas mal de sites qui traitent pratiquement tous les sujets autour du cheval. Hélas, aucun ne parle des moyens pour sortir un centre équestre de difficultés financières. Je commence à me désoler lorsque, un grand sourire aux lèvres, elle ajoute :

– Mais Papa a peut-être trouvé la solution. Sur un site, il a découvert un forum.

– C'est pas un « fort homme » qu'il nous faudrait, c'est plutôt un surhomme.

Souris Futée ne relève pas ce jeu de mots « à la mode Perruche Subtile » et poursuit :

– Un forum est un lieu de discussion. Là, on entre en relation avec plein de personnes qui s'intéressent au même sujet.

Je comprends l'intérêt d'une telle chose. Souris Futée et moi allons pouvoir expliquer notre problème à quantité de gens de toute la France, du monde entier même.

6

Les bulbes que Maman et moi avons plantés à l'automne pointent enfin le bout de leurs feuilles.

Je me suis rendu au centre équestre après la classe car je veux demander à Patrick quelque chose de très important… pour moi. Seulement, j'ai peur de le déranger. Il m'a pourtant accueilli avec un large sourire. Je le suis partout depuis mon arrivée et, pendant qu'il travaille, comme je n'ouvre pas la bouche, il fait la conversation tout seul et me parle de ses chevaux.

Il les aime ses chevaux et c'est formidable. Il m'en parle avec la même chaleur que s'il s'agissait d'amis humains.

Juste comme on atteint la porte du box d'Orage, Patrick m'informe que le danger de la gourme est passé. Je peux donc approcher le cheval de mon cœur.

J'ai soudain peur d'être déçu. Je crains qu'Orage ne me fuie. Je serais très triste.

Je m'en approche doucement, en murmurant son nom, la voix chargée de tendresse.

Il me regarde d'abord comme s'il se demandait quel est cet humain qui vient vers lui. C'est vrai qu'il ne m'a jamais vu que dans l'embrasure de la porte. Je m'arrête près de lui, le temps qu'il s'habitue. Il hume l'air en renâclant de temps à autre. Enfin, j'avance la main droite. Je la pose sur son chanfrein puis je la bouge lentement. Mon cœur tambourine. Je répète le geste pendant deux ou trois minutes puis, sans le suspendre, je regarde derrière.

Patrick se tient à la place que j'occupais autrefois.

– Tu aimes les chevaux, toi, souffle-t-il. C'est bien.

Alors, j'ose enfin :
– Je… Je peux t'aider à les soigner ?
– D'accord. Tu auras la responsabilité d'Orage… si tu le veux, évidemment.

***

Mercredi matin.

Je me lève bien plus tôt que pour aller à l'école et pars en même temps que Maman.

Arrivé au Bois-Jachère, je salue Patrick puis rejoins Orage. Il m'accueille par un hennissement joyeux. Je lui fais un petit câlin puis lui donne de l'orge concassé, des granulés et un peu de foin.

Ensuite, je cure le box. La fourche chargée de litière sale est lourde mais je ne mesure pas ma peine. Une fois tout évacué, je répands la paille propre. Le domaine d'Orage est bientôt impeccable.

Je quitte alors mon préféré et me rends dans les boxes voisins pour aider Patrick à s'occuper des autres chevaux.

Lorsque tout est terminé, on les sort un à un pour les emmener dans le paddock où ils se dégourdissent les pattes. Je reste là quelques minutes. C'est superbe un cheval dans la nature, surtout lorsqu'il s'appelle Orage. Je découvre à cet instant d'où vient le nom de mon ami. Sa robe rappelle un ciel nuageux. Pour la première fois, un ciel gris me semble beau.

Comme Maman ne rentre pas le mercredi midi, Patrick me garde à manger. Je n'oublierai sans doute jamais sa délicieuse soupe à la citrouille.

– Heureusement que tu aimes, me dit-il, parce que j'ai en réserve une quantité astronomique de citrouilles. La météo a été incroyable l'an dernier. Un vrai temps à citrouilles. Je n'ai cultivé que quelques pieds mais ils ont donné de manière fabuleuse. J'espère que tu reviendras m'aider à en manger parce que, sinon, je crois que je me transformerai en carrosse dans quelques semaines.

Ma dernière cuillerée avalée, je lui demande :

– Comment… Comment tu es venu à t'occuper de chevaux ? C'est pas facile comme métier.

– Ça, oui, ce n'est pas facile ! Seulement, les chevaux me passionnent. Et les passions, si on ne les assouvit pas, on est malheureux.

– Elle vient de loin cette passion ?

– De très loin ! Je suis né à la campagne, dans un village, sur les bords de la Loire. Notre voisin, un vieux grand-père, possédait un cheval. Ils étaient presque aussi vieux l'un que l'autre, enfin, c'est une façon de parler parce que les chevaux vivent moins longtemps. Ils avaient tant travaillé ensemble que le grand-père, quand était venu l'âge de la retraite, n'avait pas voulu se séparer de son compagnon. Alors, ils passaient leur temps à se balader. De tels voisins ne pouvaient que me plaire. Les balades, on les a vite faites à trois. Moi, j'étais sur le dos du cheval. C'est de là que date ma passion pour ces fabuleux animaux. Heureusement, les miens sont guéris et la vie du Bois-Jachère va reprendre.

– Les chevaux sont guéris mais… mais au village… on dit que… que tu vas peut-être être obligé de vendre… C'est… C'est vrai ?

Patrick baisse le regard. Il se met à tripoter une miette de pain puis il relève la tête et remarque :

– Tu es bien curieux !

– Je… Tu n'es pas obligé de répondre. Ce sont tes affaires…

Patrick m'adresse un sourire mélancolique :

– Tout le village est au courant de mes problèmes financiers. Alors qu'est-ce que ça peut faire que j'en parle à mes amis ? Disons que… le banquier, mon principal créancier, n'a pas redonné signe de vie depuis sa dernière visite.

– C'est le type à la Mercedes ?

– Mais dis-donc, tu es très bien informé !

– Je… C'est…

– Bah ! Ça n'a pas d'importance. L'espoir revient, c'est ce qui compte. Avec mes chevaux retapés, je vais à nouveau mener des reprises et l'argent va revenir. Ce ne sera pas grand-chose mais…

Je pense alors à l'appel que Souris Futée doit maintenant avoir lancé sur le forum d'Internet mais je n'ose pas en parler. Peut-être que la fierté de Patrick en souffrirait et qu'il voudrait qu'on arrête notre opération. Quand on aura les sous, il ne pourra qu'accepter.

Patrick se lève et m'annonce, un peu embarrassé :

– Tu vas dire que je te reçois mal mais je n'ai rien d'autre à manger que cette soupe à la citrouille…

Je lui adresse mon plus beau sourire et le rassure :

– C'est pas un problème et, comme ça, si moi aussi je me transforme, on sera deux carrosses et on pourra faire la course.

– Tu es un brave gamin ! Viens dans le manège faire travailler les chevaux. Un peu d'exercice leur est nécessaire avant de reprendre des gens sur leur dos.

L'après-midi se passe dans la sérénité absolue. Je vois aussi que les vacances arrivent et, avec elles, je vais pouvoir venir davantage. A croire que toutes les difficultés ne sont qu'un mauvais souvenir.

***

Trois semaines se sont écoulées.

Les feuilles des bulbes dépassent et on devine les bourgeons des fleurs des jacinthes.

Maintenant, la nuit recule doucement et, comme l'école a repris, je me rends chaque soir chez Patrick. Souris Futée m'accompagne quand elle le peut.

Aujourd'hui, j'ai été entre deux eaux, d'un côté l'inquiétude, de l'autre, l'espoir.

L'inquiétude d'abord. Elle vient des appels que Souris Futée a lancés sur le forum. Heureusement qu'on n'en a pas parlé à la classe sinon on aurait l'air malin. Elle n'a pas relevé le moindre message intéressant et on n'a pas reçu un chèque.

– Tu es sûr que le message est clair ?

– Ecoute ! J'ai recopié le texte rédigé ensemble. Tiens ! Lis-le. Je l'ai imprimé.

Je prends la feuille qu'elle me tend et je lis :

« Un de nos amis, propriétaire d'un centre équestre, a de très gros ennuis d'argent. Il risque d'être obligé de vendre s'il ne trouve pas rapidement de quoi calmer ses créanciers. Venez-lui en aide et envoyez vos dons à l'adresse suivante... »

C'est celle de Souris Futée.

– Ton père, ça l'enquiquine pas que tu sois souvent devant son clavier ?

– Si, parfois ! Mais il ose pas vraiment râler.

– Faudrait peut-être qu'on n'insiste pas trop. Il est déjà sympa de t'avoir autorisée à envoyer le message. C'est son outil de travail qu'on encombre. Si seulement on pouvait avoir un ordinateur à l'école...

***

L'espoir arrive un peu plus tard, alors qu'on se trouve en classe depuis une demi-heure. On entend frapper à la porte.

– Entrez !

Le battant pivote... et le maire apparaît. En parlant d'ordinateur avec la copine, on voit le bout du museau de sa souris... Il rejoint Philippe, lui chuchote à l'oreille puis se campe devant nous, au milieu du tableau.

– Voilà, nous explique-t-il. Hier soir, nous avions une réunion où nous devions voter le budget. Vous savez qu'une commune doit entretenir les routes, les chemins et les bâtiments qu'elle possède. La nôtre n'est pas riche et faire le budget, c'est toujours choisir. Hier, nous avons donc choisi et, hélas, je suis au regret de vous dire que cela n'a pas été en votre faveur. Je le regrette très sincèrement mais c'est ainsi. Il nous sera donc impossible de vous acheter un ordinateur.

Tout est dit. Le museau de souris entrevu n'était qu'un mirage. Le maire semble gêné. Il essaye de nous réconforter mais, quand il constate que ses mots ne servent guère, il repart en nous souhaitant bon courage. A mon avis, ce n'est pas de l'humour, ou alors celui-ci est très noir.

Le désespoir me submerge. Il m'est impossible de me retenir davantage et je m'écrie :

— On va jamais pouvoir sauver Patrick et ses chevaux !

— Qu'est-ce que tu racontes ? me demande Philippe.

Et je révèle nos espoirs et les tentatives de Souris Futée sur l'ordinateur de son père. Je dis aussi qu'on comptait en parler à la classe lorsque le nôtre serait arrivé, qu'il fallait cesser d'enquiquiner le père de Souris Futée et qu'on aurait peut-être plus de chances avec le nôtre.

Les copains réagissent :

— Ouais ! Il faut se débrouiller. C'est une bonne idée de vouloir sauver Patrick et ses chevaux.

— J'ai un ordinateur chez moi. Je peux faire quelque chose.

— Moi aussi, j'en ai un, et si mes parents veulent bien…

Philippe intervient alors :

— Ce ne sera peut-être pas nécessaire. Monsieur le Maire m'avait déjà fait part de ses inquiétudes. La commune a de très gros travaux à engager. Il y a l'église à réparer et la station d'épuration à mettre aux normes. Aussi, comme je me doutais de cette réponse, j'ai trouvé une autre solution à vous proposer. Ne vous réjouissez pas trop vite mais je pense qu'elle a des chances de réussir. La voici…

Il nous explique alors qu'une agence bancaire change ses ordinateurs. Bien sûr, il ne s'agit pas de machines ultra performantes mais le technicien qui en assure l'entretien – un ami de Philippe – certifie que, améliorées à moindres frais, elles pourront être reliées à Internet.

On rédige donc un nouveau message.

Cette fois, ce n'est pas une lettre mais un fax. Le temps presse et il faut une réponse rapide.

***

Le soir, en arrivant au centre équestre, j'ai à peu près retrouvé le moral.

Un détail m'inquiète aussitôt : les chevaux occupent encore leurs boxes alors que, normalement, ils devraient être dans le manège où Patrick les fait travailler à cette heure.

Je vais tout de même dans le manège mais mon ami ne s'y trouve pas. Je gagne donc la maison d'habitation.

Patrick est assis à la table avec, devant lui, une feuille. Il ne lève même pas la tête. Je lui demande :

– Qu'est-ce qui se passe ?

– Un ennui de plus ! Remarque, je m'en doutais. Des amis m'ont donné un coup de main et j'ai honoré une traite en retard pour calmer le banquier. De ce côté, j'ai réussi mais je n'avais pas assez d'argent pour payer mes charges auprès des caisses d'assurance maladie et de retraite.

– Qui ?

– Des organismes chargés de collecter diverses cotisations. Encore de l'argent à donner, si tu veux, et pas mal. Ils ne rigolent pas avec ceux qui payent en retard mais j'espérais un peu d'indulgence.

– Ce… Ce papier, c'est eux ?

– Oui ! Un huissier me l'a apporté tout à l'heure. J'ai une semaine pour régler mes dettes sinon, comme pour le banquier, on me saisira mon centre pour le vendre aux enchères.

– Mais c'est pas juste !

– Hélas, je dois payer sinon…

J'ai envie de tout révéler mais je n'ose pas encore. Je ne veux pas donner de faux espoirs à mon ami et me contente d'affirmer :

– On va t'aider !

Patrick m'adresse un sourire mélancolique avant de reprendre :

– C'est gentil mais inutile. Que pourrait un garçon comme toi ? Mes problèmes sont trop importants pour que j'arrive à les surmonter, même avec ton aide… Allez, viens plutôt avec moi.

Il se lève, sort et se dirige vers la sellerie. Je le suis. Orage nous regarde depuis son box. Il s'ébroue.

– Oui, Orage. Oui… On va venir te voir mais il faut qu'on prenne le nécessaire avant.

Patrick saisit le harnachement d'Orage après m'avoir collé une bombe sur la tête. On gagne ensuite le box de mon copain qui piaffe.

– C'est bon, Orage, c'est bon ! Calme-toi !

Patrick se tourne vers moi et me dit :

– Je suppose que tu ne sais pas seller un cheval. Alors je vais t'apprendre. Sois attentif. Tu devras te débrouiller seul à l'avenir.

Il m'explique et, quelques minutes plus tard, alors que je tiens Orage par la bride, on se dirige vers le manège.

– Voilà, me précise Patrick. Orage a besoin de se remettre au travail mais porter un adulte est trop difficile pour commencer. Tu vas le réhabituer.

Peu après, je le chevauche sous sa

conduite. Je ne suis pas vraiment heureux même si je réalise là un de mes rêves. Les caisses d'assurance maladie et de retraite gâchent mon plaisir.

7

Le lendemain, Philippe se tient au tableau et mène une leçon de maths auprès des CM1 pendant que nous, les CM2, nous faisons un exercice d'application.

Je tente de me concentrer mais pense plutôt à ma première leçon d'équitation. J'ai toujours l'impression que mes jambes goûtent à la chaleur du corps d'Orage, que ses muscles frémissent sous moi. Ces souvenirs qui devraient être heureux sont hélas pollués par les relents des dettes de Patrick.

Alors, j'essaye d'imaginer l'odeur des jacinthes dont Souris Futée m'a dit qu'elle est extraordinaire.

Je n'ai pas bouclé la moitié de l'exercice quand un CM1 annonce :

– Eh ! Un fax…

Philippe nous dit qu'on le regardera à la récréation. Evidemment, c'est une catastrophe. Il a beau nous demander sans cesse de nous concentrer, on ne parvient pas à oublier la feuille qui pend du téléphone-fax. Alors il finit par annoncer :

– Bon ! On jette un œil à ce message et on se remet au travail.

Gazelle Rapide est la première auprès de l'appareil et elle arrache la feuille. Elle la porte ensuite devant ses yeux et, avant même d'avoir prononcé un mot, un sourire formidable s'épanouit sur son visage.

– Allez ! Lis-nous ce fax.

– Ça vient de la banque du Blanc, du responsable des ordinateurs. Voici ce qu'il dit : *Nous sommes d'accord pour vous donner deux ordinateurs. Pourriez-vous venir les chercher avant la fin de la matinée car nos nouveaux appareils sont arrivés et nous avons besoin de place ?*

Notre vieille école n'a pas entendu un tel cri depuis longtemps. Mais comment aller chercher les ordinateurs avant midi ?

On propose que Philippe fasse un saut au Blanc en nous laissant seuls. Mais on a beau promettre d'être sages, il affirme que c'est impossible.

Alors Souris Futée annonce :

– Papa travaille à la maison aujourd'hui. Peut-être que… Quelques instants plus tard, elle a son père au téléphone.

***

Le père de Souris Futée ne peut nous apporter nos appareils qu'en début d'après-midi.

Philippe doit user de mille ruses pour nous faire travailler un peu le reste de la matinée. On est plus excité que des puces après un mois de jeûne.

Enfin, vers quatorze heures, une voiture entre dans la cour. On se précipite aux fenêtres.

– C'est lui !

Le père de Souris Futée nous adresse un signe de la main pour qu'on vienne l'aider. Le brave homme ! Il n'a pas de souci à se faire. On se sent la force de déménageurs surentraînés.

Lionne Réfléchie règle la circulation. Elle se débrouille à merveille et tout se retrouve bientôt dans la classe, à l'endroit préparé entre la fin du repas et le début des cours.

Le père de Souris Futée est organisé. Heureusement car le branchement d'ordinateurs, c'est quelque chose. Surtout que, en plus des deux appareils, la banque nous a donné un scanner, une imprimante et deux ou trois lecteurs particuliers.

– Ce n'est pas mal ! remarque le père de Souris Futée une fois tout en place. Avec ça, vous devriez réaliser de belles choses.

Il a profité de son déplacement au Blanc pour nous prendre un kit d'installation pour Internet et on se retrouve connecté bien avant la fin d'après-midi.

Souris Futée se met aux commandes et file sur le forum pour relever les contacts relatifs au problème de Patrick. On voit en direct qu'elle ne nous raconte pas de blagues et que notre truc laisse les internautes indifférents.

– Votre message est un peu naïf et sans doute pas assez explicite, nous précise le père de Souris Futée. Ce que vous dites est vrai mais quiconque le lit peut croire qu'il s'agit d'un attrape-nigaud destiné à se procurer de l'argent facilement. Je ne vois qu'une solution : créer votre propre site en espérant que, parmi les curieux qui viendront se brancher, il y en aura quelques-uns qui réagiront positivement.

Seulement, créer un site est long.

– Et il y a urgence, reconnaît le père de Souris Futée. Alors…

Il se tourne vers le maître et poursuit :

– ... Alors, le mettre en place pendant la classe vous ferait perdre trop de temps et, il faut que je travaille aussi pour mon propre compte. Je vous propose donc de le créer en dehors de la présence des enfants, après la classe. On leur demande ce qu'ils veulent et on applique ensuite. Je viendrai aussi le week-end prochain s'il le faut et, dans une semaine, vous aurez votre site. Il sera simple mais il existera.

On indique tous ce qu'on veut trouver dessus, avec des photos et des textes pour bien expliquer de quoi il s'agit.

Et le père de Souris Futée tient sa promesse.

Un soir, il arrive un peu plus tôt et nous dit qu'il faut trouver un nom à notre site.

On n'a pas vraiment d'idée et nos trouvailles sont plus plates les unes que les autres lorsque Perruche Subtile propose :

Opération Cheval Virtuel

– Si on l'appelait *Opération Cheval Virtuel* ! Ce serait normal puisque c'est Cheval Virtuel qui a eu l'idée d'aider Patrick.

Le père de Souris Futée ne me laisse pas le temps de refuser. Il inscrit tout de suite ce titre sur l'écran et l'enregistre.

***

Seulement, une nouvelle fois, il faut attendre et les caisses d'assurance maladie et de retraite semblent toujours aussi pressées. On doit trouver une solution pour les faire patienter elles aussi. Cette solution, Maman la propose un soir, alors qu'on est à table :

– Si vous alliez voir le maire pour qu'il organise une collecte au niveau de la commune. Que chaque habitant prête dix euros et le centre équestre sera sauvé au moins pour quelque temps.

Maman et moi mettons chacun dix euros. Ça fait un trou dans ma cagnotte mais je ne m'en plains pas. Les copains et leurs parents agissent de même et, finalement, avec une somme déjà conséquente, on va voir le maire qui abonde dans notre sens.

Le lendemain, le garde champêtre arpente les rues du village et annonce l'Opération Cheval Virtuel. Il explique Internet mais aussi l'action urgente et, lorsqu'il revient à l'école, même si tout le monde n'a pas participé, on a assez pour calmer la poussée de fièvre des caisses d'assurance maladie et de retraite.

On veut porter l'argent à Patrick mais il est trop tard. Tout le monde désire le faire mais certains doivent rentrer chez eux. Alors, Philippe propose :

– Demain, c'est mercredi. Retrouvons-nous ici à dix heures avec nos vélos et nous monterons ensemble le lui donner.

– Eh ! Il y en a qui peuvent pas venir. Ils ont d'autres occupations.

Souris Futée s'empresse d'intervenir :

– C'est pas un problème pour moi. J'ai jamais manqué mes cours de musique cette année et ce sera pas dramatique si ça m'arrive. En plus, là, c'est un cas de force majeure…

Ceux qui ont aussi quelque chose à faire affirment tous qu'ils se débrouilleront pour se libérer. La proposition de Philippe est donc adoptée à l'unanimité.

Ce soir-là, je ne vais pas au Bois-Jachère. J'ai trop peur de vendre la mèche.

Lorsque j'arrive à la maison, je constate qu'une fleur de jacinthe a ouvert ses premières corolles. Je me penche et… le parfum m'envahit. Souris Futée a raison : quelle odeur ! Je l'aspire, je la goûte, je la savoure, pour ne jamais l'oublier.

***

Le lendemain matin, personne n'est en retard, même Escargot Pressé qui n'est pourtant pas un modèle en la matière.

— Alors c'est compris, rappelle Philippe, pas de folie en chemin. Nous roulons en groupe sur des routes qu'empruntent d'autres véhicules. Même s'il y en a peu…

Il n'a pas besoin de le rappeler. On ne veut pas gâcher la fête. On grimpe le coteau sans problème et c'est dans l'enthousiasme qu'on pénètre dans la cour du centre équestre.

Vu le bruit qu'on fait, on s'attend à voir Patrick pointer le bout du nez. Ce n'est pas le cas. On l'appelle. Toujours rien.

— Il doit être parti dans ses champs.

— On aurait dû l'avertir. Il nous aurait attendu.

— Ouais, mais notre surprise aurait perdu de son charme.

On reste de longues minutes à discuter entre nous. Finalement, je finis par supposer :

– Il est peut-être parti faire une course.
– Alors pourquoi on voit sa vieille fourgonnette par la porte ouverte de la grange ?

Le Bois-Jachère est suffisamment loin de tout pour que Patrick prenne toujours sa voiture pour se rendre à l'extérieur. Un affreux silence se fait alors… et on entend quelqu'un appeler faiblement, au-delà de la porte de la grange.

Philippe se propulse dans cette direction. On le suit, la peur au ventre.

Patrick gît en bas de l'échelle du grenier. La souffrance marque son visage.

– Ah ! Ça fait plaisir de vous voir… J'ai…

Philippe est déjà près de lui et nous, on commence à s'agglutiner.

– Reculez-vous un peu ! Il faut le laisser respirer. Benjamin, file chercher une couverture.

Puis il se tourne vers Patrick pendant qu'on obtempère.

– Où as-tu mal ?

Je n'entends pas sa réponse mais, à mon retour, je la devine sans problème. Il s'est vraisemblablement cassé la jambe droite, le fémur, plus exactement.

Philippe nous laisse quelques secondes avec lui, le temps d'aller téléphoner aux pompiers. On a pour consigne de lui parler. Il faut absolument l'empêcher de s'évanouir. C'est lui qui commence par remarquer :

– J'ai de la chance dans mon malheur. Je me suis esquinté la jambe mais vous êtes arrivés alors que je n'attendais personne… sauf peut-être toi, Benjamin. Tu es toujours là quand il faut…

Il va m'arracher des larmes s'il continue.

– Moi… Moi… J'aime bien venir te voir… Tu sais, l'autre soir, j'ai été très très heureux de monter Orage. Il est adorable.

– Chez les chevaux, c'est comme chez les humains, il y en a de sympas et d'autres moins. Orage l'est particulièrement et il sait reconnaître ceux qui l'aiment.

Allons bon ! Une bouffée de sanglots arrive et je l'étouffe au prix d'un gros effort. Je vais partir sur un autre sujet lorsque Philippe revient en courant.

– C'est bon ! annonce-t-il. Les pompiers seront là dans cinq minutes.

Patrick s'inquiète alors pour ses protégés :

– Et mes chevaux, qu'est-ce qu'ils vont devenir ?

Je le rassure :

– T'en fais pas ! Je sais comment les soigner et les copains vont m'aider.

– Et puis moi, ajoute Philippe, je vais m'occuper de tes paperasses. On va pas te laisser tomber bêtement.

Patrick grimace, l'œil triste :

– Ouais ! Il y a assez de moi pour me laisser tomber bêtement, pas la peine d'en rajouter.

Philippe demande alors à Souris Futée de sortir notre enveloppe de son cartable.

– Qu'est-ce que c'est ? demande Patrick lorsqu'elle l'ouvre devant lui.

– Un petit quelque chose, explique Philippe. Un petit quelque chose que les enfants et tout le village ont voulu te donner pour t'aider à passer un cap qu'on ne croyait tout de même pas si difficile.

Et Souris Futée montre les billets. Patrick veut protester. Il s'agite mais une violente douleur lui rappelle sa blessure. Un rictus déforme son visage.

L'ambulance entre à cet instant dans la cour.

Allongé sur la civière, Patrick a le regard noyé de larmes lorsque les pompiers ferment les portes et il ne cesse de répéter :

– Il ne fallait pas… Il ne fallait pas…

Une fois l'ambulance repartie, Philippe nous dit :

– Bon, allez chez vous rassurer vos parents. Beaucoup doivent déjà savoir que l'ambulance est venue ici.

– On va tout laisser comme ça ?

– Mais… les chevaux. Patrick a même pas eu le temps de tous les nourrir.

– Ils peuvent attendre cet après-midi. Je reviendrai m'en occuper.

– Moi aussi ! Je l'ai promis à Patrick tout à l'heure.

Philippe ne peut pas refuser mon aide. Quelques copains et copines, dont Souris Futée, se portent également volontaires. Philippe les accepte à condition, pour moi comme pour les autres, que ce soit avec l'accord de nos parents. Heureusement, je réussis à joindre Maman à son boulot.

***

Le lendemain, on commence par faire le point. Philippe nous rassure tout de suite :

— Patrick ne s'est pas trop gravement blessé. Il n'a, si on peut dire, qu'une fracture du fémur. Il devrait guérir sans problème. Par contre, il va lui falloir du temps et c'est ennuyeux pour son entreprise. Le centre équestre du Bois-Jachère n'était déjà pas en bonne santé.

— Pas de problème, on va l'aider !

— Ça, je n'en doute pas mais nous avons l'école et je ne crois pas que vos parents seraient très contents si vous laissiez tout tomber pour vous occuper du centre équestre. Déjà que l'emploi du temps est bousculé. Il nous faut tout de même arriver au bout du programme, surtout pour ceux qui vont entrer en sixième…

— N'empêche, fait remarquer Lionne Réfléchie, l'histoire de Patrick nous chiffonne et on peut pas le laisser comme ça…

— Alors y a qu'une solution : tout le village lui donne un coup de main.

8

Notre organisation est détaillée sur le site Internet. Nouveau coup de pouce du père de Souris Futée.

Comme il y a extrême urgence, Philippe accepte finalement qu'on mette le travail scolaire entre parenthèses pendant une journée maximum. On s'engage aussi à rattraper le temps perdu au plus tard la semaine suivante.

On commence par retourner voir le maire et on lui explique notre opération. Il nous accueille d'abord sans enthousiasme – il paraît qu'il a de gros soucis avec la station d'épuration – mais, à mesure qu'on avance dans nos propos, il se détend pour finalement conclure :

– Mes enfants, ce que vous faites est très bien. Je ne peux que vous encourager.

Lionne Réfléchie lui tend ce qu'on a préparé.

– On voudrait donner cette lettre aux habitants de Ruffec. Est-ce que vous acceptez de la signer avec nous ?

Il la lit attentivement.

– Avec grand plaisir !

Et il appose sa signature avec les nôtres.

Cette fois, le garde champêtre ne peut pas nous aider car il est parti porter un papier très important à la sous-préfecture.

***

La fin de matinée est donc occupée par le porte-à-porte. Au début, on doit tout expliquer. A ce rythme, il nous faudra trois jours pour voir tout le monde. Je propose à Philippe de constituer plusieurs groupes mais il me dit que c'est impossible pour des raisons de sécurité. Par chance, les bruits vont vite dans un village et, peu à peu, les gens savent ce qu'on veut avant qu'on aille les voir.

A part quelques grincheux, tout le monde accepte notre demande et on met en place un planning où les adultes ont quelque chose à faire au centre équestre du Bois-Jachère. Ils interviendront à tour de rôle sur des tâches précises.

Tel agriculteur se chargera de nourrir les chevaux le lundi, tel autre le fera le mardi. Certains pères cureront les boxes. D'autres entretiendront la maison. Des mères mèneront les chevaux au paddock ou les feront travailler dans le manège. Un vétérinaire du Blanc accepte de les ausculter gratuitement afin de parer à toute rechute de gourme.

Avec les copains, on s'est « partagé » les chevaux et chaque groupe de deux ou trois élèves aura la responsabilité d'un cheval. Souris Futée et moi nous occuperons d'Orage.

Sur notre site Internet, en plus du descriptif de l'opération, on crée un journal qu'on appelle « Journal d'un cheval virtuel ». On y raconte ce qui se passe au centre équestre.

Les jours passent et, à un ou deux couacs près, tout fonctionne comme prévu.

Patrick revient assez vite de l'hôpital et, même s'il n'a pas retrouvé grand moral, voir ces gens mobilisés le réconforte.

Il se déplace en fauteuil roulant et vient maintenant dans le manège où il nous conseille lorsqu'on monte les chevaux, avec Philippe, pendant la classe… car l'équitation est devenue une activité scolaire comme les autres.

Toutes les fleurs sont épanouies à la maison et, même si les jacinthes sont fanées, je goûte encore leur parfum qui reste gravé dans ma mémoire.

On baigne dans le bonheur quand, un jour, alors qu'on s'apprête à regagner l'école sur nos vélos, une BMW entre dans la cour du centre équestre.

C'est un gros break, avec une allure de corbillard et des pneus larges comme trois fois la main. Un type en sort, ferme la portière dans un bruit ouaté. Il observe autour de lui, avec un regard de vautour, puis il se dirige vers Patrick qui attend sur le seuil de sa porte. On ose tout juste respirer.

– Monsieur Patrick Ruillet ? demande l'affreux à la BMW.

– Oui !

– Maître Proudier, huissier de justice. J'ai à vous remettre ceci.

Et il lui tend une enveloppe. Il remonte alors dans sa BMW, met le moteur en route et s'en va dans un sifflement de serpent satisfait avant même que Patrick ait ouvert l'enveloppe.

La bagnole est à peine disparue derrière le premier tournant lorsque Philippe nous dit :

– Restez là !

Et il se dirige vers Patrick.

– Tu as besoin d'aide ?

Le patron du centre équestre sourit, désabusé, puis lâche :

– Non, merci ! Cette fois, c'est la fin. Je vais dire adieu à mon centre et, surtout, à mes chevaux…

Je crois que je vais hurler.

***

Le lendemain matin, on se retrouve en classe, désemparés. Patrick est au bout du rouleau. Le Bois-Jachère va être bradé dans un mois. Le banquier s'est réveillé. Certains fournisseurs aussi. La machine judiciaire est enclenchée et il est maintenant impossible de l'arrêter. A l'entrée de la propriété, le type à la BMW a planté un panneau annonçant la date de la vente aux enchères des biens de Patrick : bâtiments, terres, outillage… et chevaux.

Je suis devant l'ordinateur pendant que les copains discutent. Je souffre et je dois me changer les idées. Après une balade sur notre site où je n'ai pas osé écrire les derniers événements, je m'apprête à ouvrir notre boîte aux lettres électronique. J'entends la discussion dans mon dos sans y prêter attention.

– C'est pas juste !

– Patrick travaille comme une bête, il a pas de chance et on va tout lui prendre !

– C'est pire qu'un hold-up parce que les types qui vont le faire ont la loi pour eux.

– On dirait des charognards. Ça me révolte !

– Et moi donc !

– On peut pas laisser faire une chose pareille !

Hélas, j'ai peur qu'on ait tout tenté. Philippe vient de lâcher ces mots lorsque je m'exclame :

– Eh ! Venez voir ! On est le 1er avril demain et je sais pas si c'est une blague.

Un message électronique est affiché devant mes yeux. Les copains s'agglutinent autour de moi et, mon cœur battant presque à éclater, je lis à haute voix :

Chers amis des chevaux,
Je m'appelle Norbert Kaoudal et je suis journaliste sur la troisième chaîne de télévision.

– Ouais ! Je le connais. On le voit dans les journaux télévisés régionaux.
– Continue, Cheval Virtuel !
– *M'intéressant au cheval, je viens de découvrir votre site Internet « Opération Cheval Virtuel ». J'y ai lu votre journal et je souhaiterais m'entretenir avec vous le plus tôt possible pour, éventuellement, effectuer un reportage sur l'action que vous menez à Ruffec pour secourir le centre équestre du Bois-Jachère. Je vous laisse mes numéros de téléphone (ligne directe à la télévision et portable). Au cas où cette offre vous intéresserait, pourriez-vous me le faire savoir très rapidement ?*

***

Le message électronique n'était pas un poisson d'avril.

Norbert Kaoudal a très bien fait les choses et, après notre appel, il a envoyé un fax à porter à Patrick. Norbert Kaoudal assure qu'il viendra le lundi matin 3 avril, que son reportage passera le soir même dans le journal régional. Il dit aussi qu'il mettra toute sa conviction et qu'il y aura des retombées. Combien et lesquelles ? Il ne peut pas savoir mais il est certain qu'il y en aura.

On arrive en même temps que les parents de Gazelle Rapide qui viennent aider Patrick.

La discussion traîne en longueur et les trois adultes ne réussissent pas à décider notre copain de tenter cette dernière chance.

– A quoi bon ? grogne Patrick. A quoi peut servir ce reportage sinon à me montrer du doigt ? Je n'ai pas su gérer mon affaire et j'en subis les conséquences. C'est normal.

Souris Futée m'a pris la main. Je suis l'objet d'une excitation folle et, lorsque je sens les grands arriver au terme de leurs arguments, ma copine me serre la main et je laisse libre cours à ma révolte :

– Qu'est-ce que tu fais du mal qu'on s'est donné, Patrick ? Hein, qu'est-ce que tu en fais ? Tu le flanques à la poubelle ! Et tu condamnes à mort tes chevaux. Tu sais très bien que, après l'épidémie de gourme, ils partiront à l'abattoir ! Tu n'as pas le droit de les condamner à mort !

J'ai presque crié les derniers mots. Je suis au bord des larmes. Souris Futée partage mon émotion. Sa main me le dit. Patrick commence par regarder par terre, dans un long silence douloureux, et puis, très ému, il relève la tête et souffle :

– Tu as raison, Benjamin, je dois me battre jusqu'au bout. Pour mes chevaux... Je vais tenter cette dernière chance et laisser travailler le journaliste mais je ferai en sorte de ne pas apparaître dans le reportage.

***

Norbert Kaoudal, un cameraman et un preneur de son effectuent le reportage.

Ils arrivent dans une voiture aux couleurs de leur chaîne et c'est le branle-bas dans le village. La révolution, même ! La télé à Ruffec ! On n'a jamais vu ça. Et pour la bonne cause, pour montrer qu'ici, au fond de notre campagne, on sait se serrer les coudes lorsqu'un des nôtres connaît des difficultés.

Le reportage passe comme prévu. Il ne dure que trois minutes mais le journaliste parvient à exposer tous les éléments importants de l'affaire.

Le lendemain, notre boîte aux lettres électronique regorge de messages et le téléphone-fax n'arrête pas

d'imprimer. Des gens, des écoles aussi, disent qu'ils veulent nous aider, qu'ils envoient de l'argent que Patrick n'aura même pas à rembourser. On imprime ces bonnes nouvelles et on porte les fax à notre copain.

Mais Norbert fait encore plus fort et son reportage est présenté le lendemain lors du journal national. Cette fois, c'est l'avalanche. On nous écrit de partout pour nous dire qu'on nous soutient et on nous envoie une incroyable quantité de dons. Ceux-ci sont la plupart du temps très modestes mais… Et pour couronner le tout, plusieurs avocats de renom se proposent pour défendre Patrick.

9

Les semaines ont passé. L'année scolaire se termine.

On est allés visiter Chambord et Blois voici un mois. Formidable. On a appris quantité de choses et on s'en est mis plein les yeux tellement ces châteaux sont splendides.

A la maison, Maman et moi savourons le parfum de nos premières roses. On a aussi planté des dahlias et des glaïeuls et on guette la prochaine éclosion de leurs boutons.

Souris Futée et moi ne nous quittons plus guère.

Patrick est en voie de rétablissement. Il boîte encore un peu. Côté finances, c'est la convalescence, une convalescence pleine d'espoir. Notre aventure lui a apporté la notoriété à tel point que les clients se bousculent pour participer à ses reprises. Il a même été obligé d'acheter de nouveaux chevaux – tous sains cette fois – et il a dû engager un jeune homme et une jeune femme pour le seconder même si on continue à l'aider autant que possible. Avec les dons, il a réussi à surenchérir lors de la vente de son centre équestre et, il a tenu à ce que ces dons ne soient en fait que des prêts. Vu la manière dont marchent ses affaires, il espère les avoir remboursés assez rapidement. Il a déjà commencé.

L'année scolaire s'achève par une grande randonnée mixte. On va remonter le cours de la Creuse de Ruffec-le-Château à Guéret et retour. On est répartis en deux groupes. Pendant que certains chevaucheront, d'autres pédaleront et, chaque jour, on changera. Une semaine d'aventure. Patrick nous l'offre en plus des cours gratuits toute la fin de l'année. Philippe

mènera le groupe des cyclistes et Patrick celui des cavaliers. Des parents les seconderont. Souris Futée fait équipe avec moi. On ne sera pas ensemble. On le regrette mais on aura tous les deux le bonheur de chevaucher Orage, « notre » cheval. Et puis, à chaque étape, on sera heureux de se retrouver.

Les copains enfourchent leurs chevaux après les avoir sellés. Je fais de même. Je caresse ensuite l'encolure de mon gris pommelé puis je me penche et lui souffle à l'oreille :

– On part pour l'aventure… et t'en fais pas, Orage, tu es encore jeune mais, quand arrivera l'âge de la retraite, Patrick t'offrira à l'école et tu finiras tes jours dans un pré, heureux. Pour toi, il n'y aura jamais de boucher…

Patrick et Philippe donnent le signal du départ. J'exerce une légère pression sur les flancs de mon cheval qui se met aussitôt en marche.

Il fait un temps superbe. Le soleil

brille aussi dans mon cœur où un arc-en-ciel s'épanouit. C'est beau un Orage sous le soleil.

Imprimé en France sur Presse Offset par

La Flèche (Sarthe), le 23-01-2008
45012 - Dépôt légal : janvier 2008